Zähnchen,
Klassenbester

Fletscher,
blutrünstiger
Nachwuchsvampir

Ashley
ist ein Aschehäufchen

Gruftine
liebt Spinnen

Klassenlehrer Oxford

Für Pippili

1. Auflage
Henriettenstraße 42a, 20259 Hamburg ·
Text & Illustrationen: Jackie Niebisch
Lektorat: Nina Bitzer · Grafische Bearbeitung: Katrin Wahl
Druck: FINIDR, s.r.o., Tschechische Republik
ISBN: 978-3-8337-4366-5

Die deutsche Bibliothek – CIP-Einheitsaufnahme

www.jumboverlag.de

Jackie Niebisch

Vampirische Weihnachten

JUMBO

Das hält der Weihnachtsvamp im Kopf nicht aus

Macht hoch die Tür, die Tor macht weit,
auch bei den Vampiren ist Weihnachtszeit.
Sankt Dracula fliegt durch die Lüfte,
und bringt Geschenke in alle Grüfte,
zum Beispiel eine Fledermaus-Drohne,
oder einen Sargdeckel mit eingebautem WLAN.

Die Schüler unserer kleinen Ganznachtsschule können es kaum erwarten: Zähnchen, Fletscher, Gruftine, Tinto, Olli und Ashley – alle haben sich schon so auf eine Weihnachtsüberraschung gefreut.

Doch bevor unsere kleinen Blutsauger an der Reihe sind, müssen sie dem vampirischen Weihnachtsmann erst noch eine Frage beantworten:

»Wart ihr immer schön artig?«

Aber he! Und ob sie artig waren. Einer artiger als der andere.

»Ungelogen?«

»Ungelogen! Dreifaches Ehrenwort mit aufrichtigem Werwolfschrei: Ahuuuuh! Ahuuuuh! Ahuuuuh!«

»Und wart ihr nur heute so brav, oder auch gestern?«

Na ganz klar auch gestern. Und vorgestern! Und vorvorgestern!

»Das ganze Jahr über!«, brüllt Fletscher.

»Das ganze Jahr über? Also, das ist ja ...«

»Das sind genau dreihundertfünfundsechzig Nächte«, rechnet Zähnchen nach.

»Einschließlich Schaltnächte.«

»Also, das gibt's ja nicht ...«

»Doch das gibt's!«

»Nicht mal ein kleines bisschen böse und gemein?«

Nö, nie! Können sie sich nicht dran erinnern.

»Auch nicht ein ganz kleines bisschen?«

Nicht mal ein ganz kleines bisschen!

»Also, das ist ja unglaublich!«, staunt der Weihnachtsvamp und hält sich an seinem Bart fest. Das hat er ja noch nie gehört. Kleine Vampire strahlen über beide Wangen.

Durch den Kopf gehen lassen muss er sich das erst mal richtig. Ja, heiliger Sankt Dracula! Er kann's eigentlich immer noch nicht fassen, holt sein Weihnachtshandy raus und ruft seinen Freund Knecht Gruftrecht an: ... von wegen kleine Vampirkids ... dreihundertfünfundsechzig Nächte im Jahr die reinsten Engel ... inklusive Schaltnächte ... schon mal so was gehört? Was soll er da bloß tun? Also ... genau ... da kann er eigentlich nur eines tun – schleunigst den Sack wieder zu und verduften. Oder wie Vampire sagen würden: den Flattermann machen. Und erst nächstes Jahr wiederkommen. Aber nur, wenn ihm bis dahin ein paar unartige Sachen zu Ohren gekommen sind!

Ihr müsst nämlich wissen, dass der Weihnachtsvamp eine Allergie hatte, keine dauerartigen Vampirkids vertragen konnte, davon bekam er immer gleich Pickel und Bartausfall.

Da aber ›den Flattermann machen‹ kein gutes Ende ist, ganz besonders nicht an Weihnachten, hatte er ein Einsehen und ließ aus sicherer Entfernung ein paar Trostgeschenke vom Himmel schweben. Lauter leuchtend rote Sachen.

»Seht mal«, jubelte Fletscher, »frisches Blut!«, und hielt seinen Mund ganz weit auf.

»Arrnrgh ...«

Aber was da vom Himmel fiel, war nichts zum Essen, sondern blutrote Kleidung: frische Weihnachtsmützen, frische Weihnachtsmäntel und dazwischen ein paar frische Weihnachtsbärte. Damit sich unsere hundertprozentig artigen Vampirkinder wenigstens stilecht selbst bescheren konnten!

Ja, und genau das taten sie dann auch ...

Draculas Rückkehr

Ene, mene, muh und ... als erster dran mit Weihnachtsvampir spielen ist ... Fletscher! Grrrrr! Und die Geschenke, die er mitgebracht hat, sind eine Super-Sensation: für alle eine freie Eintrittskarte zu seinem neuesten Grusel-Theaterstück! Mit dem supergeilen Spitzentitel: ›Draculas Rückkehr‹!

Und da kommt er auch schon. Ahuuuh! Ahuuuh! Als blutrünstige Dracula-Puppe auf Fletschers rechter Hand. Und will sich, wie kann es anders sein, mit wildem Geheul direkt auf die unschuldige Greta stürzen:

»Gleich hab ich dich, gleich beiß ich dich! Gleich saug ich dir dein Blut herrrraus, lechz, brüll!«, stürzt er sich auf sie herab, um mit seinen spitzen Zähnen hineinzubeißen in ihren zarten, weißen Halt! ruft es da plötzlich.

»Halt? Wieso Halt?« Graf Dracula ist ganz irritiert. »Wer hat da ›Halt!‹ gerufen und ihn beim Blutsaugen gestört?«

Zähnchen hat ›Halt!‹ gerufen, weil, das versteht er nicht.

»Was versteht er nicht?«

»Wieso das Stück ›Draculas Rückkehr‹ heißt.«

»Ist doch klar wie Blutwurst: Weil Dracula zurückgekehrt ist!«

»Einfach so zurückgekehrt?«, wundert sich Zähnchen. »Wie soll das gehen? Das ist doch unlogisch. Er kann doch nicht einfach zurückkehren, ohne vorher einmal weg gewesen zu sein! Würde Dracula nie machen.«

Die anderen Zuschauer finden: Da ist was dran. Bevor Graf Dracula zurückkehrt, sollte er erst mal weggegangen sein. Wenigstens einmal ganz kurz.

Na bitte schön, grrrr! Tut ihnen der vampirische Theaterdirektor Fletscher den Gefallen, ändert seinen Horror-Schocker und lässt Graf Dracula mal kurz verschwinden:

»Okay, Greta! Dann geh ich eben mal. Aber damit du Bescheid weißt – ich bin gleich wieder da!«

Und kaum unterm Weihnachtsmantel verschwunden, ist er auch schon, schwupp, mit Dracula-Rückkehr-Geschwindigkeit, wieder da. Um sich von Neuem auf die unschuldige Greta zu stürzen und mit seinen gruseligen und spitzen Zähnen hineinzubeißen in ihren zarten weißen Halt! ruft es da schon wieder.

»Halt!? Wieso denn jetzt?«

Weil, also das versteht Zähnchen diesmal erst recht nicht!

»Was versteht er schon wieder nicht?«

»Wenn das Theaterstück ›Draculas Rückkehr‹ heißt, muss man doch als Zuschauer wissen, weshalb Dracula eigentlich zurückgekehrt ist!«

»Wieso! Weshalb! Weil er sich, grrrrr!, sofort auf die unschuldige Greta stürzen muss. Um ihr endlich das Blut auszusaugen. Ist nämlich schon ganz DURSTIG.«

»Ja, aber, das ist doch ebenfalls unlogisch! Dann hätte Dracula doch gleich zu Hause bleiben können und sich direkt auf sie stürz...«

Weiter kommt er nicht, denn in diesem Moment stürzt sich Graf Dracula statt auf Greta direkt auf Zähnchen. Und nicht nur Dracula, sondern der gesamte vampirische Theaterdirektor Fletscher, inklusive der unschuldigen Greta.

Und weil bei den Vampirkindern, wie bei den Menschenkindern, selten einer auf alle stürzt, aber immer alle auf einen – macht ja auch viel mehr Spaß –, stürzt die ganze Klasse, einer nach dem anderen, hinterher.

Gruftgetrocknete Blutwurst

Stille Nacht, eilige Nacht, diesmal werden die Geschenke von Zähnchen gebracht. Und zwar im Eiltempo. Kaum da und noch völlig außer Atem, will er schon zur Bescherung schreiten.

»Kein Weihnachtslied vorher singen?«, wundern sich die Kids.

»Schenken wir uns.«

»Und Gedicht aufsagen?«
»Reicht die Zeit nicht aus.«
»Nicht mal für ein kleines wie:
Leise rieselt der Schnee,
auf meine Knoblauchzeh?«

Nicht mal dafür. Denn die Geschenke, die er mitgebracht hat, müssen schnellstens verteilt und sofort an Ort und Stelle gegessen werden! Sind nämlich äußerst empfindlich: original gruftgetrocknete Blutwürste!

»Gruftgetrocknete Blutwurst?!«
Kleine Vampire sind überglücklich. Ihre Lieblingsspeise! Und beim Anblick der Leckerbissen läuft ihnen das Wasser im Munde zusammen.
»Nicht lange dran rumriechen!«, ermahnt Zähnchen. »Sondern runter damit!«

Die kleinen Vampire tun wie befohlen. Kauen, schmatzen und mampfen drauflos, was das Zeug hält. Geht Zähnchen aber immer noch zu langsam: »Könnt ihr nicht ein bisschen schneller essen?«

Wie schnell, mampf, sollen sienmmpf, schmatz, noch essen?

»Am besten die ganze Wurst auf einmal verdrücken!«
»Auf, mpff, einen Schlagmpf? Die ganze, schöne ...?«

Am liebsten hätten sie die Leckerei viel langsamer gekaut, in Zeitlupe eine Scheibe nach der anderen ganz genüsslich auf der Zunge zergehen lassen, wie es sich für so was gut Schmeckendes gehört.

Aber gruftgetrocknete Blutwürste sind nicht nur superlecker, sondern auch superverderblich. Besonders wenn sie gerade aus der privaten Speisegruft des Schuldirektors geklaut sind.

Nach letzten Berechnungen Zähnchens sind sie nur noch zwei Minuten haltbar. Danach kann man sie auf keinen Fall mehr weiteressen.

»Nur noch, mmpf zwei, mpf, Minuten, mpf?« Zähnchen muss sich korrigieren – *eine* Minute – kann nämlich schon hören, wie gruftgetrockneter Nestor, der nicht nur Sargwächter, sondern auch Wurstwächter ist, aus dem Keller geschnauft kommt, ebenfalls im Eiltempo, und verzweifelt nach jenen Würsten sucht:

»Wo ist der Räuber, der die Speisekammer geplündert hat?«

Na warte, wenn er den erwischt!

Aber zum Glück erwischt er nie jemanden. So lange er die kleinen Vampire auch durchsucht und checkt, kein Wurststück, nicht mal das kleinste Zipfelchen Pelle findet er. Weil alle Beweisstücke rechtzeitig aufgefuttert und verputzt sind.

Das Einzige, was Wurstwächter Nestor bei den kleinen Vampiren noch erwischt, sind ein paar fettige Mundwinkel mit einem glücklich bescherten Weihnachtsgrinsen.

Tja, und dagegen kann man ja nun gar nichts machen.

O du beinah fröhliche!

O du fröhliche!
Es brennt, es brennt. Und großer Jubel ist angesagt. Denn Tinto hatte eine ganz besondere Geschenkidee: Er hat eine große Schachtel Streichhölzer mitgebracht und alle zu einem kleinen Weihnachtsfeuer ins Klassenzimmer eingeladen.

He, ho, he, die kleinen Vampire tanzen fröhlich um die Flammen. Und singen dabei die schönsten Weihnachtslieder. Sti-hi-lle Nacht, knisternde Nacht. Denn heute brennt nicht nur der Baum, sondern auch der Schreibtisch des Klassenlehrers.

O du selige!
Erst brennen die Füße, alle viere, kokeln, schmokeln, dass es eine Freude ist. Dann, o du noch fröhlichere, züngelt es immer höher, bis die ganze Schreibtischplatte brennt.

Und du fragst dich erstaunt, warum löscht niemand? Warum wecken sie den Klassenlehrer nicht? Und warum können sie es kaum erwarten, bis endlich die obere rechte Schublade dran kommt?

Ganz einfach: Weil dort das Klassenbuch aufbewahrt ist. Jenes dicke Machwerk, in dem auf über tausend Seiten jede Missetat der kleinen Vampirschüler aufgeschrieben ist. Jedes einzelne Zuspätkommen, Schwänzen, Abschreiben und unerlaubte Blutwurstschmatzen im Unterricht. Nicht eine Kleinigkeit vergessen! Selbst der letzte Gebissklau und die bunt angemalten Grabsteine stehen drin. Mit Datum, Nacht, Monat und Jahr festgehalten für alle Zeit.

Aber nicht mehr lange, hi hi! In ein paar Sekunden wird sich jenes Buch in Rauch und Asche aufgelöst haben ...

Das heißt, wie es aussieht, wird es sich nicht in ein paar Sekunden in Rauch und Asche aufgelöst haben. Es löst sich überhaupt nicht in Rauch und Asche auf.

Ja, verflixter Dracula, es brennt nicht einmal! Und wird nie brennen, bis in alle finstere Ewigkeit! Scheint sich nämlich wieder um eines jener hinterhältigen, fiesen und unglaublich gemeinen Klassenbücher zu handeln, die feuerfest sind! Aber ihr bleichen und enttäuschten Gruftkinder, nicht verzagen.

Bis nächste Weihnachten sind es nur noch dreihundertfünfundsechzig Nächte.

Krümels Wunschzettel

Ene, mene, miste, jetzt kommt Krümel aus der Bescherungskiste.

Er ist zwar der kleinste aller vampirischen Weihnachtsmänner, aber dafür hat er die größte Überraschung zu bieten: Alle dürfen sich nämlich was wünschen heute. Das ist ja klasse!

»Alles, was wir wollen?«

»Alles, was ihr wollt! Einfach die Zettel ausfüllen, Wunsch draufschreiben, und direkt bei ihm abgeben.«

Das lassen sich die kleinen Vampire nicht zweimal sagen, greifen zur Feder und im Nu sind alle Zettel vollgeschrieben, in den Umschlag gesteckt und feierlich überreicht:

»Ich wünsch mir einen elektrischen Werwolf«, schreibt Tinto. »Grauweiß gestreift und mit ganz langer Antenne.«

Krümel schaut kurz nach. Oh, hat er gerade nicht dabei. Leider vergriffen.

»Und ich«, schreibt Fletscher, »hätte gern einen zusammenklappbaren Sargdeckel mit eingebautem Flachbildschirm.«

Krümel greift noch tiefer in den Sack: »Hm … zufällig auch nicht da, scheint im Moment ausgegangen.«

»Ich wünsch mir einen superschnellen High-Speed-Airbag«, schreibt Olli, »der mich immer sicher auffängt. Falls ich mal wieder umkippen muss, weil ich kein Blut sehen kann.«

So ein Pech, damit kann Krümel heut überhaupt nicht dienen.

Und was ist mit einer echten Vampirbild-Kamera für Gruftine? Mit hundert Gigabyte Speicher?

Also, im Moment … da kann er keine mehr finden. Erst nächstes Jahr wieder.

»Und das neue Werwolf-Handy? Mit dem original ›Ahuuuuh!‹-Klingelton?« Vielleicht hat er das ja zufällig da?

Normalerweise schon, aber so'n Mist, ausgerechnet heute auch nicht vorrätig. Genauso wenig wie die 25-bändige Gesamtausgabe der Werke von Graf Dracula. Hat er ebenfalls gerade nicht da. Wie so vieles andere.

Kein Wunder, wenn sich die kleinen Vampire immer nur das wünschen, was er NICHT hat!

»Könnt ihr euch bitte mal was wünschen, was ich HABE!?«

Na klar können sie das. Aber was hat Krümel denn?

Sie schauen einer nach dem andern in seinen verstaubten Weihnachtssack. Puh! Da ist ja gar nichts drin. Nur altes Gerümpel aus der Kellergruft. Davon können sie wirklich nichts gebrauchen.

Krümel wird auf der Stelle ein bisschen traurig. »Ich finde, man muss doch nicht immer alles gebrauchen können, was man geschenkt kriegt. Die Hauptsache ist doch, dass man jemandem eine Freude macht, oder?«

Damit hatte er nicht nur recht, sondern absolut sehr recht. Und weil man vampirischen Weihnachtsmännern immer eine Freude machen soll, ganz besonders den kleinen wie Krümel, schnappten sie sich wieder Feder und Papier und schrieben ihm umgehend einen großen, neuen Wunschzettel:

»Lieber vampirischer Weihnachtsmann,
zum diesjährigen Fest wünschen wir uns von dir ein paar krumme Sargnägel. Dazu ein paar rostige Schrauben. Außerdem hätten wir gern noch ein altes Vorhängeschloss, mit verlorengegangenem Schlüssel. Riesig freuen würden wir uns auch über eine verbogene Türklinke vom Friedhofstor. Und falls du noch ein paar vermoderte Kerzenhalter übrig hast, das wäre echt cool!«

Da war die heilige Nacht wieder in Ordnung, denn Krümel hatte alle Geschenke reichlich vorhanden. So reichlich, dass er seine netten Klassenkameraden gleich doppelt und dreifach beschenken konnte.

Gruftines Untotkuchen

Stell dir vor, es ist Bescherung und alle flüchten! Dabei hat sich Gruftine, als vampirische Weihnachtsfrau, so viel Mühe gegeben mit ihrem bunten Teller!

Nicht wie jedes Jahr die immer gleichen, süßen und ungesunden Lebkuchen aufgetischt, wie sie die normalsterblichen Kinder mögen.

Nein, diesmal hat sie was total Leckeres und Gesundes gemacht – herzhafte transilvanische Totkuchen. Oder wie es auf Korrekt-Vampirisch heißt: ›Untotkuchen‹.

Doch was ist los? Wo sind die Kids? Statt Schlange bei ihr zu stehen und ganz verrückt danach zu sein, haben sich alle schlagartig in ihre Särge verkrochen.

»Hallo!«, klopft Gruftine auf die Sargdeckel. »Ihr da drinnen! Mag denn keiner meine leckeren untoten Köstlichkeiten probieren? Wenigstens ein ganz kleines Stück?«

»Oh, danke. Jederzeit gern«, hallt es zurück. »Nur jetzt passt es gerade nicht.«

Alle haben plötzlich keinen Appetit mehr. Nicht den geringsten. Sind auf einmal sowas von satt. Oder haben, wie Zähnchen, plötzlich furchtbar schreckliches Magenweh.

Gruftine versteht die Welt nicht mehr. Warum will denn keiner ihre leckeren Untotkuchen? Sie grübelt, ob sie irgendwas falsch gemacht hat.

Liegt's an der Farbe? Nein, sicher nicht. Sehen doch alle schön schwarz und glänzend aus.

Oder vielleicht an der Größe? Eigentlich auch nicht. Ist jeder einzelne dick und fett und rund. Dicker und fetter und runder geht's gar nicht.

Aber woran liegt es dann?

Gruftine wollte gerade herausfinden, ob möglicherweise die langen behaarten Beine ihres Naschwerks schuld gewesen sein könnten. Aber da waren ihre Kuchen bereits – äußerst untot – aus dem bunten Teller gekrabbelt. Und hatten sehr lebendig das Weite gesucht.

Und erst als sie weit genug weg waren, auf Nimmerwiedersehn in den Mauerritzen verschwunden, setzte bei den kleinen Vampiren eine wundersame Blitzheilung ein. Hatten alle Magen- und Bauchwehs aufgehört und ihr gesunder Appetit war ebenfalls umgehend zurückgekehrt. Und das war ja auch eine Art schönes Weihnachtsgeschenk.

Ashleys Geschenk oder Die Winter-Wunder-Rodel-Zeit

Ene, mene, muh und ... dran ist diesmal: Ashley! Der will jetzt auch mal Weihnachtsvampir spielen.

»Aber wie soll das denn gehen?«, fragen die anderen. Ashley ist doch nur ein Häufchen Asche, ein ehemaliger Vampir, der von einem Sonnenstrahl getroffen wurde und jetzt auf einem Kehrblech lebt.

»Genau. Wie willst du das denn machen?«

»Ganz einfach! Ich steck mir Tannengrün aufs Haupt. Oder zieh mir eine Zipfelmütze über, seht ihr?«

Na schön, Ashley sieht jetzt festlich geschmückt aus. Aber was kann man als Häufchen Asche schon verschenken? Ein paar Körnchen Staub, in einer schönen Schachtel mit Geschenkpapier und Schleife drumherum. Oder ein Tütchen Streuasche für unterwegs, falls Glatteis ist ...

Von wegen! Ashley hat was ganz anderes zu verschenken. Was viel Schöneres!

»Und das wäre?«

Eigentlich das Schönste, was ein kleiner Vampir sich zu Weihnachten wünschen kann: etwas Winter-Wunder-Rodel-Zeit.

»Winter-Wunder-Rodel-Zeit? He, das klingt gut!« Ja, das klingt sogar sehr gut! So ein Geschenk hatten sie noch nie. Das möchten sie gern haben. Leider kann Ashley ihnen dieses Geschenk nicht sofort überreichen.

Erst das nächste Mal, wenn sie was ausgefressen haben und wieder eine Stunde nachsitzen müssen.

»Warum denn erst, wenn wir nachsitzen müssen?« Weil Ashley dann wieder Dienst im Stundenglas hat.

Und wenn Klassenlehrer Oxford die Zeit checkt, lässt er sich einfach doppelt so schnell durch die Sanduhr rieseln. Geht er einfach eine halbe Stunde vor!

Sodass hinterher alle noch genügend Zeit übrig haben für 'ne wunderschöne kleine Schneeballschlacht. Oder was sie noch lieber tun: auf ihren Sargdeckeln im Slalom den Hang hinunterrodeln.

Strahlend bunte Weihnacht …

Ebenfalls im **JUMBO** Verlag erschienen:

Buch · ISBN 978-3-8337-3454-0
Format: 140 x 200 mm · 96 Seiten
Auch als Hörbuch erhältlich!
CD · ISBN 978-3-8337-3519-6

Nach langer Zeit sind die kleinen Wilden wieder auf Mammutjagd. Doch nicht nur mit dem zotteligen Mammut, auch mit ihren Eltern, die immer noch vor der Höhle warten, um ihre zu spät nach Hause kommenden Steppen-Kids mit einer pädagogisch wertvollen Strafpredigt zu empfangen, müssen sie dieses Mal einige ungewöhnliche Abenteuer bestehen.

Der Autor erzählt die Geschichte auf humorvolle Art und zeigt, wie lustig die Erwachsenen auf den Ungehorsam ihrer kleinen Wilden reagieren.
eliport – Das evangelische Literaturportal

Niebisch gelingt es, in äußerst humorvoller Weise eine Welt aufzubauen, die typisches Verhalten von Eltern und Kindern mit recht wenigen Worten aufnimmt und liebevoll karikiert.
Arbeitsgemeinschaft Jugendliteratur und Medien der GEW (AJuM)

Buch · ISBN 978-3-8337-3676-6 / CD · ISBN 978-3-8337-3677-3 / Format: 140 x 200 mm · 96 Seiten

Ja, heilige Karotte! Was ist auf einmal mit den kleinen Wilden los? Statt auf die Jagd zu gehen und Mammutfallen zu bauen, legen sie einen Garten in der Steppe an. Und statt saftiger Mammutschnitzel und Kotelett gibts plötzlich Gemüse, Nüsse und Salat.

Buch · ISBN 978-3-8337-4098-5 / CD · ISBN 978-3-8337-4099-2 / Format: 140 x 200 mm · 80 Seiten

Natürlich sind die kleinen Wilden längst vegetarisch unterwegs. Doch in diesen vorgemüsezeitlichen Geschichten machen sie Jagd auf vierfüßige Rüsselfrüchte, laden das Mammut zum Grillen ein, damit es sich gleich selbst brutzelt, und fast, aber auch nur fast kommen sie ihren Heißhungerträumen näher …

Der Weihnachtsvampir
mag keine artigen Kinder

Olli
kann kein Blut sehen

Krümel
ist der Kleinste und verschenkt gern alte Sachen

Tinto
hat viele Einträge im Klassenbuch

Nestor,
der Sarg- und Wurstwächter